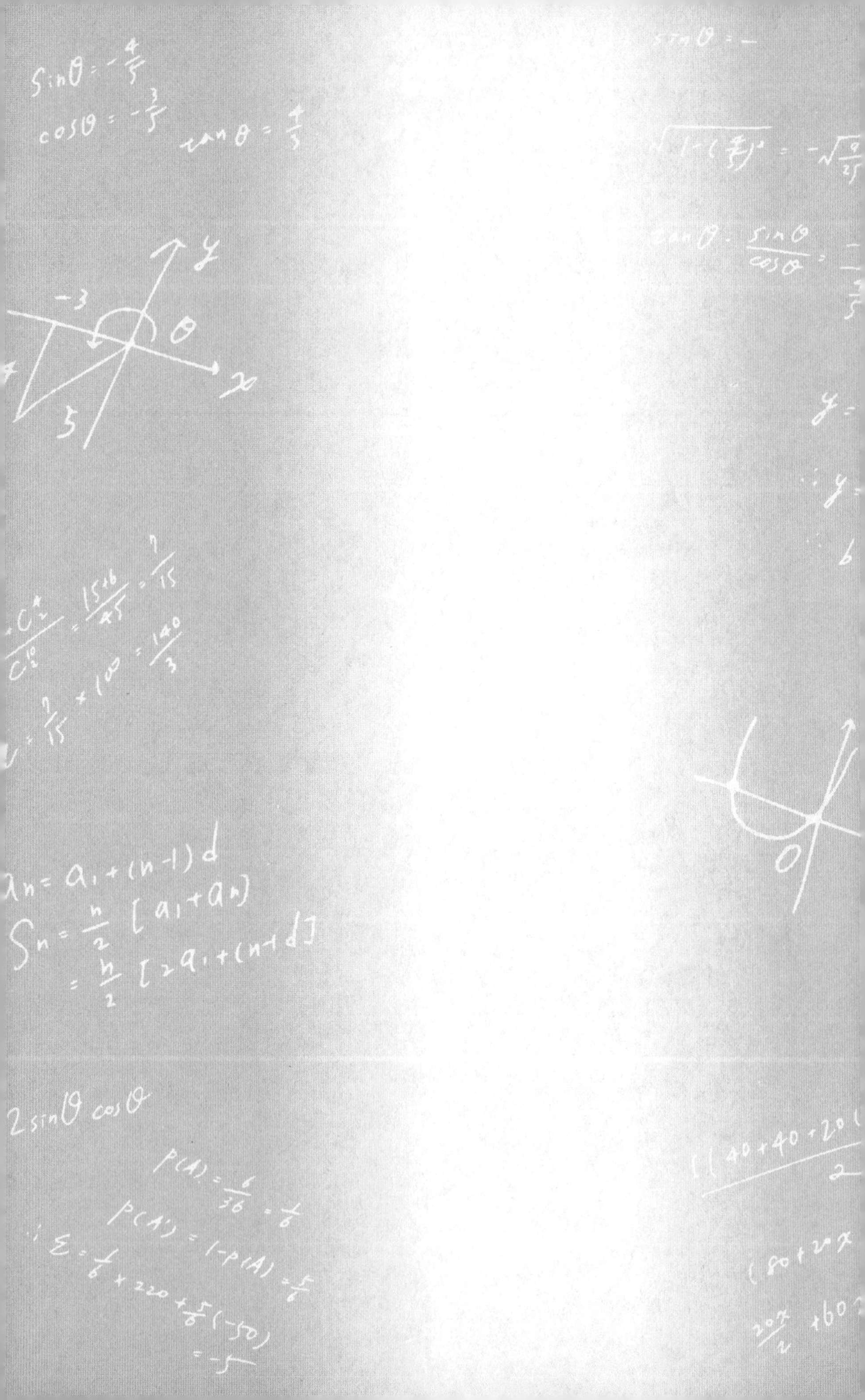
sinθ = -4/5
cosθ = -3/5
tanθ = 4/3
tanθ = sinθ/cosθ
an = a1 + (n-1)d
Sn = n/2 [a1 + an]
2sinθ cosθ
P(A) = 6/36 = 1/6
P(A') = 1-P(A) = 5/6

愛的24則運算

◉林婉瑜／著

聯合文叢 613

目次

童話故事 12
胖子 16
原狀 18
這個下午和你一起 20
14種告白的結果 24
十年 30
好久不見 32
道別 34
後來怎麼了 36

更新 38
靠近 40
小事 44
期末試題 46
對與錯 50
半途而廢 52
連連看2 54
心理測驗 56
愛的24則運算 58
寂寞是真的 72
體溫 74
聖誕老人的禮物 76
沒關係之歌 78
你是我最斑斕的幻覺 80

已讀不回 86
苦痛 88
郊遊 90
想好了 92
友情 94
開始 96
去走走 98
艱難 100
紅色 102
經常練習 106
速度 108
願望 110
一些精密的測量 113
評分表 114

影子留言 116
致那些無法言說卻永不痊癒的傷口 120
夜行性 124
落單的骰子 126
預感 128
社交 132
兩種消息 134
某詩人的英翻中試卷 139
無法抵達 140
顛倒世界 1 142
顛倒世界 2 146
選擇題 150
公主的抉擇 152
交換 154

早晚 156
早晨 158
萬聖節派對 162
許多時間正經過 166
捨不得 170
先做再睡 176
留給你 178
剪刀石頭布 180
下一位 182
銷毀 184
不壞 186
大風吹 188
颱風帶來的新生活 192
相對與絕對 196

請求秋天 198
我們 200
舊的你 202
後記 比世界更層出不窮 林婉瑜 204
靈魂不被綑綁的絕對自由 李癸雲 211
年代序 216

愛

的24則運算

林婉瑜

童話故事

一

小紅帽最介意的是
她其實喜歡
藍色的帽子
可是奶奶說　女生要戴紅色

二

睡美人蠻累的
只想繼續睡
偏偏就有人一定要來吻她

三

自從村民知道
誠實的樵夫獲得了金斧頭銀斧頭
現在湖底都是
村民們丟的斧頭

四

第一隻小豬　蓋了海砂屋
第二隻小豬　蓋了輻射屋
大野狼從煙囪掉進第三隻小豬家的火爐
所以第三隻小豬的房子
成了凶宅

五

青蛙王子不太適應　和公主的婚姻生活
他想變回從前那隻青蛙
那隻單身的青蛙

六

放羊的孩子大叫：「狼來了！狼來了！」
只是這次
沒有任何人相信他說的話

狼慌張的跑到同伴身邊說：
「怎麼辦？我剛剛看到一個人類！」

七

龜兔賽跑的獎品是
一箱紅蘿蔔
所以烏龜又從終點慢慢的　把紅蘿蔔扛回去
交給在路邊睡覺的兔子

胖子

如果想念會使人變胖
很想念你的我
現在
已經很胖了吧

那　那些毫無牽掛的瘦子是怎麼回事
瘦子去到哪裡
都只攜帶自己
我去到哪

都帶著你
因想念的重量而步伐蹣跚……

想念是幸福或者
不想念是幸福？

洗澡時撫摸
自己的身體
展開幸福的胖子與不幸的瘦子之間的辯證

原狀

你沒想過我會痊癒吧
我也沒想過
可是
我痊癒了

又恢復成
那種沒愛過你的樣子

這個下午和你一起

我的身世藏在背後
像一塊影子
有時顯現
然而那些滄桑
並不值得在意
我走過很多崎嶇的轉折
才來到這裡
這個下午
和你一起

我的眼淚乾涸
成為一道
隱形的痕跡
而那些苦痛
並不值得在意
我通過無數迷宮的死角
才來到這裡
這個下午
和你一起

赭黃的下午
熱帶橙的下午
珊瑚紅的下午
亞麻色的下午

時間讓我的心臟長出皺紋
我們彼此依靠的身形
長出了薄薄的影子

14種告白的結果

一

我愛你。

「可是我愛他們。」

二

我愛你。

「我只愛祂。」

三

我愛你。

「可是天快亮了。」

四

我愛你。

「這麼巧，我也是。」

五

我愛你。

「沿路灑的麵包屑都被鳥吃了，回不去了。」

六

我愛你。

「好，那事情就到此為止。」

七

我愛你。

「致力於優秀品格堅強意志，培養有利國家發展的人才，掌握教育投資報酬的成果，新世紀好公民核心精神典範，道德消泯與道德重建，反璞歸真發乎情止乎禮禮教社會祥和世界愛是一種犯罪。」

八

我愛你。

「愚以貪自縛，不求度彼岸。」

九

我愛你。

「雨一顆一顆退回天空，烏雲四處奔逃，暗中行走的年輪倒退收回圓弧，這樣很好這裡很好，我們在一個隱蔽不被發現的時間節點，一個不存在的座標，不要走，再待一下，這很好，這裡很好，待會會有五顆太陽同時躍出地平線。」

十

我愛你。

「喜歡今天的法國麵包和彩虹枴杖糖嗎？明天我會交給你一袋星芒可以別在日子的衣襟上，還有一枚格紋毛呢編織的隱形胸章，請戴上它讓我在世界之中認出你。」

十一

我愛你。

「啊好的，那麼首先，我要向你致謝。」

十二

我愛你。

「啊好的，那麼首先，我要向你致歉。」

十三

我愛你。

「普遍的通常的共識的尋常的普羅大眾的一點點一些私語耳語密語手語式的拒絕。」

十四

我愛你。

「啊好的，是愛。」

十年

十年以後
在路上和你錯身而過
想喊住你
但喊住以後該說什麼

十年以後
你走過並沒有看到我
想問你
這麼長的時間你都做了什麼

有幾片雲經過
幾盞路燈閃爍
有幾個路人置身事外
我花了三秒鐘　決定繼續往前走
走十年的路
才從你身邊
離開一點點
用十年時間
才把你的愛
忘記一些

曾經做我最愛的人
你是否覺得榮耀光彩
這是一場無論如何都會結束的愛情
你是那種無論如何都應該跟你愛一場的人

好久不見

「好久不見，你胖了。」
「你消瘦了。」
「你深刻了。」
「你銳利了。」
「你進化了。」
「你退步了。」
「你很刺眼。」
「你相當黯淡。」
「你霧霧的。」

「你最大化了。」

「你搖滾著。」

「你難分難解。」

「你呈現斑點狀。」

「你正在格式化。」

「你未完待續。」

「你猴子穿新衣了。」

「你衣冠禽獸了。」

「謝謝你的指教，再見。」

「再見。」

道別

「那就這樣吧，我先走了。」
「嗯，我也要走了。」
「我要進行反方向的位移。」
「我要開始形而下的離開。」
「我要取消此時此地。」
「我要傾斜和地球的軸心平行。」
「我的背影將會馬賽克處理。」
「我的道別將透過一片毛玻璃。」
「我會幫日子打磨上蠟確保你經過的時候它非常光彩。」

「我會做相反的努力確保日子頽廢消極又無意義。」
「請保留這場友誼的票根。」
「收妥我們並非陌生人的證據。」
「打電話給我當世界運轉得不太順暢的時候。」
「寫信給我如果不小心抽到鬼牌。」
「每個你不在的地方都會變成角落。」
「看到前面延伸的鐵軌嗎那是時間的背脊。」
「蜘蛛網和雨絲機會和命運多麼難得。」
「笑一個吧不要愁眉苦臉的。」
「哭一個吧悲傷一個吧憂鬱一個吧也可以兩個。」
「我會記得你直到我忘記。」
「我會忘記你直到我想起來。」
「好的，再見。」
「再見。」

後來怎麼了

「我一直想問你，後來呢？後來怎麼了？」

後來，就解散了。

後來，就慢慢融化。

後來發現全新的行星，決定命名為跳跳糖61號。

後來把手中的蘋果全部吃光，因此發現了地心引力。

後來就打倒壞人消滅惡魔黨。

後來一起過著幸福快樂的日子。

幸福快樂的日子也過著我們。

後來，時間這幅卷軸把一些東西捲進去了。

宇宙就運轉得比較慢。

眼淚就乾得比較快。
後來，找不到那間糖果屋。
後來，就都想著從前。
後來，日子被延展成金箔。
手中的牛奶盒打翻了。
灑出珍珠和詩句。
溢出一些瑪瑙和琉璃。
後來一年有13個月，第13個月沒有白晝，每天都是無盡夜晚。
星星是夜晚的果實，我要整個籃子裡都是。
後來為了和回憶的大象達成平衡，我持續幫另一端添加砝碼。
為了幫夢中的麒麟想個名字，我查了六本字典。
後來，忘記許願，浪費了很多流星。
後來我抱著，從各種際遇中獲得的彩票，到櫃臺處，向生命兌換獎品。
後來，時間答應我，每件事正式發生以前，我都可以先來個排練。
可是時間騙了我，原來每次的排練，都是正式演出。

更新

天氣晴朗時
見個面吧
我心裡儲存的
有關你的影像檔
已經舊了

需要更新
要取得
你的最新畫面

靠近

我靠你靠得太近
所以看到一些蒲公英種子剛剛飄進你瞳孔裡
看到你右手臂的傷疤
嘴邊的短髭
你對我做出了一個擁抱的樣子
可是最後又沒有
和你站立的此地
風的流速變慢
地表溫度上升
地心引力偏低

你靠我靠得太近所以
你一定看到了我
咬得醜醜的指甲
經常渴求什麼的內心
看到我總是自我懷疑
記憶中緊緊掩埋毀棄的承諾、說過的謊
看到我苦笑假笑緊張顫抖
走在最邊緣懸崖還要硬撐優雅的那種脾氣
看到我被一些故事的結局遺棄了
被一些好夢驅逐了
被一些理想排擠了
你會看到我曾走過的路
我迷的路
我沒有選擇而最後通往美好結局的那條路

看到我曾用指尖編織白色
曾在夢中獲得藍色
我的頭髮細而軟偏棕色
在陽光下偏著頭
像貓等待撫摸

我的額頭和脖子都沁出微汗
你靠得太近了
以至於無法逃避的你會看到我的心
它剛剛在說我愛你

小事

對一首詩來說，如果是押韻就可以解決的事，都是小事。
對一種愛來說，如果是言語就可以表達的事，都是小事。
對繞行的蜜蜂來說，如果是不能儲存在蜂房的，都是小事。
對雪人來說，在炙熱陽光出現以前的事，都是小事。
對影子來說，在光線完全消失以前的事，都是小事。
對生活來說，如果是不斷行走就能抵達的事，都是小事。
對回憶來說，如果是忘記就可以放下的事，都是小事。

期末試題

一、請排列出句子的正確順序

1. ①補綴②和工具③給我④讓我⑤脫落的⑥縫線⑦細細⑧靈魂的⑨一點時間

2. ①也②彈奏③心中的④發出⑤直到⑥低音⑦深海裡的⑧持續⑨鯨魚⑩共鳴

3. ①重要②在③演員④你的⑤一名⑥讓我⑦人生喜劇中⑧謝謝你⑨擔任

4. ①所以②月③你知道④是正方形的⑤改變著⑥今晚的⑦總是⑧月亮⑨它的形狀

5. ①秩序②這些③以維持④流星⑤亂竄的⑥指揮⑦夜空的⑧請⑨交通

二、選擇題

1.（　）日子，是由很多片刻組成的。在詩毫無用武之地的片刻，請不要去想，自己是個詩人；在詩有用的片刻，請努力寫出，屬於今天的詩，因為，那些詩的念頭已經等待許久，等你把它們從 ⑴仙女座星系 ⑵連續劇 ⑶黑暗 ⑷陷阱 裡帶到世界上。

2.（　）兀自運轉的星星，兀自發亮。它不知道今晚，有人，是因為⑴注視⑵刷洗⑶剪貼⑷消滅 著它，才有了活下去的勇氣。

3.（　）冰的影子，最後，化成了水；火的影子，最後，也成了⑴鉛筆⑵灰燼⑶彈珠汽水⑷殘骸。

三、請按照上下文，填入合適的語詞

1.

你哭了，她笑了。他遲疑了，你決定了。

他們聚集了，你坐下來。它失去結局，你戰慄了。

你和它和他和她和他們一起＿＿＿成為整體，

不久後，又＿＿＿一人走出。

2.

霧之____，光之____，

____之夜，____之人。

對與錯

你的藥是錯的，可是你的病是對的
你走的路是錯的，可是你的目的地是對的
你的流浪是錯的，可是你沿路唱的歌是對的
你愛的人是錯的，可是你的愛是對的
太熱的天氣是錯的，毛大衣口袋裡的鑰匙是對的
你做的惡夢是錯的，你的夢遊路線是對的
你彈的曲子不合時宜，可是那些音符是正確的
經常的挫敗是遺憾的，可是從挫敗中誕生的詩是對的
徹底的黑暗是錯的，那些僅剩的星星是對的

正襟危坐是錯的，整夜跳舞是對的
你犯的罪是錯的，可是不完美的人生才是對的

半途而廢

曾經是那樣的人
熬夜就要到天亮
散步就把整條路的街燈都數完
打開啤酒就要喝光
愛一個人就要一生

是生命教我
折衷
有益健康

我終於願意
讓你半途而廢
自己一人走完
剩下的一半路程

連連看2

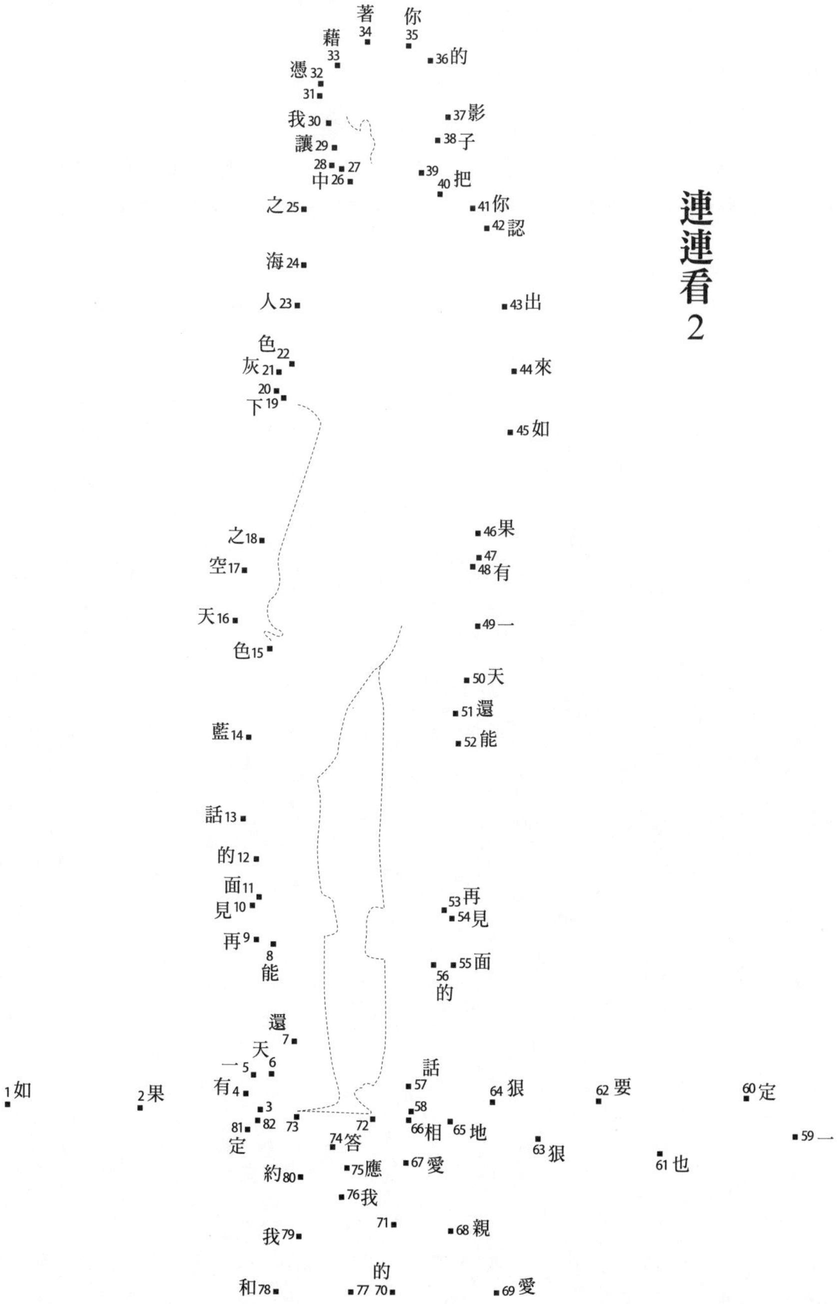

1 如
2 果
3
4 有
5 一
6 天
7 還
8 能
9 再
10 見
11 面
12 的
13 話
14 藍
15 色
16 天
17 空
18 之
19 下
20
21 灰
22 色
23 人
24 海
25 之
26 中
27
28
29 讓
30 我
31
32 憑
33 藉
34 著
35 你
36 的
37 影
38 子
39
40 把
41 你
42 認
43 出
44 來
45 如
46 果
47
48 有
49 一
50 天
51 還
52 能
53 再
54 見
55 面
56 的
57 話
58
59 一
60 定
61 也
62 要
63 狠
64 狠
65 地
66 相
67 愛
68 親
69 愛
70
71
72
73
74 答
75 應
76 我
77 的
78 和
79 我
80 約
81 定
82

心理測驗

天使飛進你的夢裡，在你耳朵旁講了幾句悄悄話，你覺得他說了什麼？

1.「我來你的夢裡躲雨。」

2.「這裡有沒有新的寶可夢？」

3.「一個誤點的鐘，一本胡亂解釋的字典，一棵向下生長的樹，一場熾熱的雨，一個在宇宙間飄流的瓶中信，一片燃燒的海，幾個荒蕪的人……，在你的夢裡他們同時存在。」

4.「翻過一夜，翻過一頁，翻過一夜，翻過一頁。

今晚，夜空翻過一頁來到第32頁，墨色濃淡不一、星座撩亂，現在我們一起校對這本大書。」

【解答】

選1：請好好照顧住在你心裡的小孩，讓他和你一起長大。

選2：最近適合駕駛烏雲、拋射閃電。

選3：請轉開精神的螺絲，讓靈魂胖一點。

選4：你其實不愛他，你只是愛上了他的帽子。

愛的24則運算

——這首組詩以24則小詩構成，每則小詩都寫入一種數理概念如：絕對值、無限循環小數、等差數列等比數列、立方體、概數、反曲點……等，是臺灣的數理教育曾經教過的概念。

一

你的多邊形靈魂
有我無法確定的形狀
那種難以探測的曲折

絕對不是正多邊形

二

日光帶來等差級數的溫暖
雨水的鋒利
卻是等比級數

三

那些重複來探看的海浪
一遍一遍
削薄了沙灘
細碎流金般的沙子

其實是小小的立方體

四

始終難以辨明
閃電的速度，和雷聲的速度
何者較快
當你說愛我的時候
我以為聽錯了

五

我們本來會，在平面上永遠平行
為了和你遇見
故意讓自己傾斜

不斷延伸後
你我終於出現了交錯的機會

六

窮盡愛與不愛的追問
得到無限循環小數
你愛我你不愛我、你愛我你不愛我……
永不結束的迴圈

七

我的快樂除以我的悲傷
以為會得到幾倍幾倍的結果

得到的商
卻只是1

八

也有驚喜的時刻
漫步在不規則的城市地圖中
走完直角三角形的底邊和斜邊時
右轉
發現靠在直角旁等待的你

九

像彩虹那樣炫目的拋物線

其實是很多很多，細小的雨霧，飄浮著

十

兩雙鄰邊分別等長，是鳶形
簡單說，就是風箏的形狀
風箏在天空飛
是我給的信號
凝視同一片天空的你，會看見

十一

打開窗戶
遼闊的天空，漫漫無邊的日子

是發散數列
但無論看著哪裡
眼睛的注意力
始終以收斂數列的方式
向你集中

十二

生活散漫
愛卻如此絕對
為深信不疑的事物
加上絕對值符號
使它最後呈現的結果
永遠是大於零的實數

十三

當我們不斷地產生
衝突和摩擦
最後磨合成
拘謹的圓形
有時，也突然想念
那些鋒利的銳角和筆直邊線
都到哪裡去了？

十四

你下垂的嘴角
有我害怕去理解的情緒

用食指做出反曲點
從這裡開始
就微微上揚好嗎

十五

並不十分愛我
卻把我當作
你的女人
所謂概數
就是四捨五入
放棄了追究細節的權力

十六

想以開根號的方式
壓縮
你臉上巨大的猶豫
但，開根號是我的弱項

十七

始終為了
誰才是圓心的問題而爭執
可能我們都是圓心
但，卻是距離太遠
連切點都沒有的兩個圓

十八

貼在你的胸膛聆聽
怎樣讓你的心跳速率
和我的一致？

十九

看見你時
想掩飾臉紅
想掩飾體溫驟升攝氏 0.176 度
（等於華氏幾度？）

二十

因為重力加速度
每一顆雨
打在身上
都是疼痛的

二十一

我所擁有的
減掉我失去的
答案是負數

二十二

日晷可分成：
水平日晷、赤道日晷、垂直日晷……
如果陽光始終在我背後
朝你出發的時候
我的影子
會先抵達你

二十三

第三象限　第一象限　第二象限
仔細計算
靈魂被占領的區域

二十四

十六分之一　八分之一
四分之一　二分之一……
我正慢慢失去你

寂寞是真的

每天
好多人寄 email 給我
——是垃圾信件和詐騙信件

馬路上
好多人遞小禮物給我
——是廣告傳單和面紙

臉書常常通知我：

「某某在 facebook 上提到了你。」
「某某在一則貼文中標註了你。」
——是購物社團的假消息

騙人的
都是騙人的
——可是寂寞是真的

體溫

總以為那個人
是因為接近了我
才知道愛

但
離開那個人以後
陸續拾獲
一些耳語
有關他似乎

活得更加燦爛

總以為
你的身體
是因為擁抱著我
才炙熱的

但
離開你以後
總有人
前來告訴我
他也獲得了一些
你的體溫

聖誕老人的禮物

全世界的禮物都已經發送完畢
當聖誕老人回到自己的家
他四處檢查
沒有
每一年都沒有
今年還是
沒有人送聖誕禮物給他

沒關係之歌

盤子裡的青椒全都給我沒關係
傘外晴天傘裡面下雨沒關係
玩躲貓貓全部人都回家了我還在躲沒關係
玩大風吹椅子被拉走跌坐地上沒關係
整天戴著鏡片破掉的眼鏡沒關係
左手和右手猜拳半小時一直平手沒關係
初戀失敗了沒關係
第五次戀愛也失敗沒關係
上天幫我關了一扇門又幫我關一扇窗沒關係

雙腳發抖一直看著空著的博愛座沒關係
整個城市的黑板樹一起開花了沒關係
我愛的人深夜離開捲款潛逃沒關係
停車格上撒滿圖釘沒關係
我聽出了他的心虛但是保持微笑沒關係
他撞傷我的人生並且倒車回來再輾過去沒關係
隕石砸中回家的路沒關係
中獎的彩券掉進水溝沒關係
家門的鑰匙又掉進水溝沒關係
小屋裡蟑螂、壁虎、螞蟻和所有詩意的念頭共同棲居沒關係
小屋外剛好的陽光爽朗笑聲有人跳舞有人高歌有人放煙火撒紙花通通和我無關沒關係

你是我最斑斕的幻覺

一

地球是宇宙的心臟，我們是在宇宙的心中走動的一些人。

二

我搬來椅子坐在舞臺中央，幕啟燈亮，戲劇開始了。
我走下舞臺，因為這是一齣關於椅子的戲劇。

三

颱風過後，只有扶桑花能維持原本的模樣、沒有損傷，
可我也喜歡牽牛花在陽光裡自我毀壞的樣子。

四

坐在「今天」右手邊的「昨天」，和坐在「今天」左手邊的「明天」，你們好嗎？
今天正要開始。

五

坐在「秋天」右手邊的「夏天」，和坐在「秋天」左手邊的「冬天」，你們好嗎？
世界鋪好了滿滿落葉的地毯，盛大歡送秋天離開。

六

我曾見過的，驕傲的花、遲疑的草葉、鏤空的海、印象派的天空，都存在我心中，那不是幻覺。

七

食夢貘瘦了。城裡的人們最近缺乏盼望，因為受到太多隨機殺人事件的驚嚇，暫時喪失想像力，所以近日沒有產生任何豐腴肥美的夢。

八

獨角獸胖了，胖得無法再載任何人去遨遊天際。自從不再以神話的形象出現，牠的

命運就淪為和其他普通動物一樣了，目前被關在市立動物園，企鵝的左邊、北極熊的右邊。

九

煩躁的午後，發現胸口露出一個線頭，
一截截拉出線頭，發現是纏繞成毛線團的心，正在脫落。

十

有人來回拉鋸語言使之呈現不確定的意義像那個每晚在屋頂上拉鋸琴弓來回削薄月光的小提琴手。

十一

詩崩潰了，字都解散成零星的碎碎的筆畫，意義消失了，所有的橫、豎、點、撇、捺、鉤……，從未如此輕鬆的躺在沙灘上曬太陽。

十二

你是我最斑斕的幻覺。

十三

風箏的夢想不是飛翔，在每一次飛起時它夢想著墜落。

十四

世界上最美的花，是黑白的。我會找到這樣的花送給你。

已讀不回

世界傳來一則黃昏的樣子，我已讀不回
世界傳來遠山薄霧的樣子，我已讀不回
世界傳來暴雨驟降的樣子，我已讀不回
世界傳來月亮飽滿的樣子，我已讀不回
今天
世界傳來大海洶湧的樣子
海啊，是我最愛的海
我已讀

並且以一首綿長的詩
當作回覆

苦痛

用一整夜
去懷念
天空三秒鐘的煙火
「再綻放一次吧……。」
懷揣著這樣的念頭
無法入睡

世界上有許多
美好的東西對我展現

無法忘懷的事物
無法忘懷的人物
使我忘記了如何去繼續
普通的生活

「想要那煙火。」
「想要你的愛情。」
「想要最靠近窗戶的那顆星星。」
為這樣的念頭而苦痛
是生而為人的苦痛

郊遊

你從不掩飾
對我的好奇
因為是我
或者只因為
這是你從沒觸摸過的身體？

看著你的嘴唇
想要吻你
因為是你

或者只因為
你嘴唇上有個剛痊癒的傷口
引我注意？

我們都想搞清楚這些問題
正在設法
弄懂這些嚴肅的問題

不過
今天天晴
天晴不適合想太多
先穿上球鞋
我們牽手
一起去青翠的草地郊遊

想好了

一日將盡
星星的數目漸漸增加
該做的事　都做完了
還有一些時間
用來做什麼好呢
就　用來想你
閉上眼睛專心地想
從第一隻羊數到第一百隻
從月球緩緩漫步　到海王星

從夏天開始　一路想到第五個季節
就這樣遙遠的漫長的跋涉的貫注的
專心想你

直到星星全數都出來了
睏倦的人都睡了
直到城市也蓋上夜空這襲黑色被子
就
想好了

想好了
可以睡了
可以和疲倦的路燈、沉默的木麻黃、靜下來的城市
一起蓋上夜空　這襲綴有星星和月亮圖案的黑色被子

友情

奇怪的男孩
在河岸邊
來回撫摸我臉頰
他說那是　友誼的表示
月色陰柔所以
我有點混亂
如果那表示友誼
那麼愛情
該怎麼表示

騎單車載我
跨站車輪兩側
手　圈住他肩膀
他說那也是　友情的表示
我認為——
親吻是一種更為堅定的友情
從後方
吻他的頭髮

他毫無所覺
路過的小學生
看到了這一幕
看到我們
深刻的友情

開始

你的眼神
從我髮的坡度滑下
經過險峻的鎖骨攀爬
胸前柔軟的丘陵迴轉登陸
水滴形狀的耳垂最後垂降在我
平滑的頸項之間……
（我知道在你眼中我是，一個
女人）

但你我之間
可否
從別的地方開始譬如
從一起玩填字遊戲開始；從一起等待日暮撤退開始
從一起逛動物園學習動物們的手語開始；從電影、詩或演唱會
從夏天草地上的散步開始……

我害怕
從身體開始的
也會
從身體結束

去走走

今天想去哪裡走走？

「就去……大海的中央。」

好啊，現在立刻就去。

「如果徹底放鬆身體什麼都不要想，身體就會變得很輕，像一張A4紙那麼輕，然後可以躺在海上面，薄薄一層貼在海面。」

在大海中央會感覺到什麼？

「一點點熱帶性低氣壓和太平洋洋流吧，還有遠洋白鰭鯊可能正朝我而來的緊張感。」

在那裡待很久好像不太好。

「是啊，會被太陽慢慢烤乾。」

聽起來是一種很焦慮的狀態？

「對陸地上的一切徹底厭倦的時候，就應該去海的中央。天空是未來，陸地是現在，大海是從前。用仰式躺在過去上面，然後眼睛看著有卷層雲飄過的未來。」

會不會有船經過？

「會啊，但我會拿很多海草掩護自己，讓船隻以為我是一團海草。」

如果海鳥把你當成食物呢？

「牠靠近的時候，我就把牠拉下水。海鳥只上過飛行課，沒上過游泳課。」

除了想去海的中央，還有沒有其他願望？

「想變成一個厲害的魔術師，把雨滴變成軟糖，把討厭的人變成轉蛋。另外也要跟哆啦A夢商量一下，切雲刀、事後相片簿、公寓樹、反效果針、對方停止機、相反面霜、空間毛毯、記憶吐司、安慰機器人、反痛鏡……，這些道具，希望都可以留給我。」

艱難

愛是一件艱難的事
但是，不愛
並沒有比較簡單
所以
再讓我試試看吧

紅色

一

一邊和他說話
一邊把手指頭鮮豔的指甲油一片片剝下來
指甲露出原來蒼白的顏色
好像需要保護

二

後來
我和不同的人
去了不同的地方
把他留在原地
但為何過了那麼久
想起他時
還是會臉紅

三

走進那個有你的房間之前
先用力咬一下
自己的嘴唇
不化妝的我
唇色因此變得紅豔
你就會看到
好氣色的我
雖然
有一點痛

經常練習

告別是不容易的，所以我們要經常練習
綻放是不容易的，所以花朵們經常練習
抵達是不容易的，所以海浪們經常練習
凝聚是不容易的，雲朵們經常練習，凝聚成雨落下
清醒是不容易的，十個路人三個清醒七個不清醒
說謊是不容易的，政客們回家後，經常反覆練習
誠實是不容易的，我們經常練習，對鏡子裡的自己提出問題
自由是不容易的，動物園裡的動物經常，練習越獄
承諾是容易的，選舉前夕就知道，承諾有多容易

背棄承諾是容易的，這個，選舉後就會知道
快樂是不容易的，髒又舊的流浪狗想念，被主人丟棄前的時光
孤獨是容易的，巨大世界之中喧鬧聚會中交通壅塞的混亂中，突然而至的感受
記得是不容易的，所以我們有各式行事曆、記事本、活動提醒裝置
遺忘是容易的，儘管什麼都不做，仍然造成了遺忘的結果
不須任何努力，就輕易忘記了
譬如死亡那日，在眼前的黑暗之中
我們也就順便忘記了，這長長的一生

速度

分手了……
你說以後不再是「我們」
只是「我」和「你」

是你離開的速度比較快
還是
我痊癒的速度更快？

比賽開始了

願望

海水想觸摸
全部的沙灘
他爬上沙灘又退下了
爬上沙灘又退下了
周而復始的浪
嚮往一種
真正的抵達

星星注視著地表上那些

他從未觸摸過的，燈誌和流螢
「那是我的同伴。」他說

地表的人們每晚都讚嘆他的閃耀
對著他許下，無數巨大願望
然而夜幕延展得太長
使他產生了
自己的願望——
他一直希望，抵達數百光年以外
去觸摸
另一顆星

你不經意說出的那句話，帶來 1000 磅的力道，擊中我的防備，並產生 144 平方公分的裂痕。

為了測試我的心的容量，他在裡面傾倒眼淚，直到滿溢以後測得，我的心的容量是 89 公升。

最後一次見面的那天，我在我的 263 種表情中，選了一個笑臉給他。

一些精密的測量

要完全忘記這件事，需要一座小冰山融化的時間。

那種痛苦，最開始有1.4公噸，現在逐漸減少了，剩下600公克。

要讓他徹底心碎，需要700公斤的重擊；而要讓她徹底心碎，只需要12公斤的碰撞。

和你之間，只剩下六首詩的距離就結束了。

情誼的裂縫，一開始只有1.7公釐；可是隨著時間，裂痕已經延展成一場半馬的長度。

這個秋天太深太長，所有的憂鬱沉澱為一個2880000立方公尺的長方體，一些落葉掉在它的表面積上。

只要再說64句廢話，就可以讓這冗長的下午過去。

我願意消耗390磅的靈魂，和你談一場戀愛；你只願意消耗50公克的靈魂，和我交換。

與你共度的日子，讓我發現，除了日、時、分、秒以外，其實還有別的計算時間的方式。

想念是流動的、沉甸甸的，你帶給我12加侖的想念，我伸手接下，後來它在這個嚴冬凍結了。

評分表

今天的月亮，良
傍晚的小雨，尚可
想像中的小鹿跑進思緒森林的背影，優
用橡皮擦努力擦拭說過的謊卻糊成一片灰黑，劣
把一顆顆的雨滴串成透明的珠鍊，優
路口那隻被我命名為斑斑的流浪狗午睡的樣子，尚可
幫一首未完成的詩矯正一個字使所有違和感消失，優
恐怖組織細心發明的一百種殺人方式，劣
一些壞念頭想永遠住在黑暗裡所以跟上地球自轉速度依附在暗的那一面，良

他辛辛苦苦想出的缺席藉口，尚可
一些水滴長途旅行衝進入海口以後突然獲得的廣大和自由，優
惡夢後醒在毫無光線的房間，劣

影子留言

你好嗎
影子先生
腦子黑黑的那部分在想些什麼呢
整天跟著我，你不累嗎
睡覺時翻身，會不會壓到你？

在我年輕的時候
我總是那麼孤僻
你是不是很想像其他人一樣，棄我而去

可惜你不能
這是影子先生的宿命
我們都在一起，長得那麼大了
那麼高
總是被忽略的你
沒有膚色
沒有表情
總是被忽略的我
只是眾人的影子嗎
只是為了反映那些有顏色的、美麗的存在而存在？

當我不再年輕
我同樣的不被瞭解，同樣孤僻
這麼說來，你就是我最要好的朋友了

這是我，孤獨者的宿命
我想擁抱你
伸出十指，卻觸碰到堅硬的地面
影子先生
我行走的，是你正要回家的路
我們步伐一致
往後，還會像這樣一直相伴下去噢
你高興嗎
你不高興嗎
什麼都看不出來
也許
我應該跳起來一下吧
這樣，你就會暫時自由一下了

致那些無法言說卻永不痊癒的傷口

他們要你停止哭泣
遞上面紙給
正在流血的你
孩子，會沒事的
你會慢慢的
好起來
在春天長出新的葉子
在冬天凋零，舊的記憶
把自己擦乾淨

明天
這世界的狂歡
還要繼續
你這樣頹靡，不好
這樣子哭，不好看

你緩慢的
收拾自己
知道會痊癒
因為
時間因為
傷口上總是慢慢漸漸的又長出了
精美的疤像
一幅圖畫

讓你也以為自己很好，完好，無法再更好的，好透了

你的正面又勇敢的
邁步向前
你的背面破漏
關不緊的水龍頭
斷續
流淌

你喝個爛醉
加入了
白晝的遊行
夜晚的狂歡
可是（睜大眼睛，再次確認）

你看出去的視線
缺損了一角
有一部分的世界
從此
你不再看到

夜行性

你經過的時候
我的生活
總會
因此被擦亮一 秒鐘

我記得
那種光亮那種瞬間
但 不去想念

因為我
是比較適合黑暗的那種人

落單的骰子

曾經
在絕望得想死
的那天晚上
看到桌子底下
一顆
落單的骰子
而
活了下來

骰子說
總還有
另外的五種選擇

預感

如果知道有天
我的悲傷會被眾人所知
那時的悲傷，會不會比較輕盈

如果知道有天，我的憂鬱
會被眾人所知
那時的憂鬱，會不會那麼絕望

如果知道有天

我的狂喜，會被眾人注視
那時的狂喜，會不會稍微收斂

如果知道有天，我所習得的字
有些
將被揀選，成為詩
在那些非詩的時刻
我會拿起那些字
仔細，擦拭
小心，輕放

如果知道有天，我的愛
會有其他的意義
那時的愛，會不會那麼困惑

我不知道
我不知道
在生命，每個停頓下來的中途
在每個剛剛來到的「現在」
我只是赤手空拳
像個孩子

社交

後來
我就放棄了
放棄走進那個場合
因為那個場合裡
有太多
我笑不出來的笑
和　哭不出來的哭

學不會世故

至少可以
學會迴避
迴避因為我的不世故
而造成的
許多事故

兩種消息

有一個壞消息，和一個好消息，你要先聽哪一個？

壞消息是，雲朵浸泡在夜空的黑水之中，已經變皺、發脹，且不可見。
好消息是，第二天太陽出來，會慢慢曬乾雲朵，於是我們得到潔白的、精神抖擻的、嶄新的雲。

好消息是，櫻花開成一條粉紅的道路，大地是溫柔春初。
壞消息是，海的心臟附近，永恆靜止的那艘沉船，永遠無法得知地面上的事。

壞消息，你失去愛人。
好消息，你重新得到自己。

壞消息，期待落空了，沒人看到雪。
好消息，像雪花的事物仍會出現，如盛開燦爛的白流蘇，或青翠飽滿的松針。

好消息，他親手送你一個包裝精美的禮物。
壞消息，是百貨周年慶的小贈品。

好消息，這是一齣喜劇的試鏡。
壞消息，你的專長是三秒鐘落淚。

好消息，迷宮的終點，有驚喜禮物和糖果。
壞消息，此刻的你仍身在迷宮之中。

好消息，我捨棄了一部分、經常隱隱作痛的自己。
壞消息，此後不再感覺疼痛了。

4. She got up late, missed the company bus, and she didn't even go to the office. Instead, she went shopping which made her boss very angry.

中譯：
她太晚起床，錯過了傍晚時，白晝和黑夜的交接典禮，她慢慢的跑了起來，去追偷時間的人和偷夢的人。

5. Worst of all, when she got home at 6pm, she couldn't open the door because she had left her keys inside the house.

中譯：
她把自己鎖在門外，門內是她的人生，裡面傳出誘人的音樂聲談笑聲，更糟的是天色漸漸晚了，她踮起腳尖從窗戶頻頻張望她的人生，對裡面的重重人影揮手大叫：「嘿，我在這裡。」

某詩人的英翻中試卷

1. Kate had a terrible day today.

中譯：
蘇珊把很多日子堆疊成一個日子。

2. First, she woke up to falling rain at 4am.

中譯：
今天早上四點，天空贈送她很多的雨。

3. When she was about to open the window, the rain stopped.

中譯：
當她接住一個意外和一個偶然，雨聲停止了。

無法抵達

夏天，午後，海邊。
那男人坐在躺椅上背對我抽菸，我朝他走去，一扇門出現。
我打開門，門又出現；
我再打開門，門又出現；
我用力打開門，門又出現；
我一開再開……。

不知究竟出現了幾道門，太陽漸漸變暗了，男人的菸究竟抽完沒？
我在想，這門，

它欠我一個沙灘，和一個男人。
我開始抽菸。

顛倒世界 1

你知道
月亮總是改變著它的形狀
所以今晚的月
是「正方形」的
（根據月曆顯示，明天的月亮
將是「甜甜圈形」）

你知道雨
總是改變著它的線條

有些雨
以曲線方式落下
有些雨，以打水漂的方式躍進
有些雨一邊降落一邊解散為
細碎水霧
前去模糊
某些人的眼眶

你知道我一不小心就踏入了這座
迷宮
我在轉角4遇到惡犬
在轉角6遇到暴露狂
轉角13是死巷
轉角7埋伏了一隻青蛙

終點可能是你
所以我還在匍匐前進

你知道，那些樹啊路啊
風啊花朵啊
它們，也都是會累的
所以
你睡著的時候
它們都不在位置上
都躺下來休息，或者，閒散的彼此聊天
等你醒來
它們才又肅立
開始一日的表演

你知道
所有動物，其實都聽得懂人話
只是假裝聽不懂
不過
當牠們用動物語言中的髒話
辱罵人類的時候
人類是聽不懂的

根據顯示
後天晚上的月亮
會是「圓柱體」
並且需要有人
去指揮那些，亂竄的流星
以維持，夜空的交通秩序

顛倒世界 2

當我們喜歡一個人，必須打對方耳光
當我們深深愛一個人，必須痛揍對方
當我們憎恨某人，必須把他擁入懷中
以深深的法式親吻來表現

那隻粉紅色的狗
跳過來了
那隻螢光綠的老鷹
游過來了

你80歲了，你面容光滑細緻髮色烏黑，你的興趣是漫畫和躲避球
我剛剛出生，有成熟的思想和人生觀，我的興趣是下棋和太極拳

那人因為善良而犯罪，拘役50天，得易科罰金
那人因殘暴而得到讚揚，許多人圍繞著他

雨是滾燙的
太陽是冰的
日光大作
動物們都展開自己，行光合作用
一些壞念頭在暗中行無性生殖
蜘蛛結好一個完美的網，放走了風和昆蟲
網住牠自己

我們的心
是金屬製的
我們的城市，柔軟不適合碰撞
所有的道路，都無法通往目的地
我們出發

然後一再的回到自己

所有的草葉
都枯萎粉碎
所有故事
都只剩下「很久很久以前」這句話
所有的花
最後都結為苦果

選擇題

他臉色沉重地說：

「我們分手吧。」

這時，我應該：

1. 像 KTV 伴唱帶裡的女子，化濃妝跑到海邊，踩高跟鞋憂愁的在沙灘上跑來跑去。
2. 像 KTV 伴唱帶裡的女子，端半杯酒空望著酒杯淚流滿面。
3. 提出我的抱怨：「怎麼搶我的臺詞？」

4. 早點睡，第二天起床又重新變成了一個好人。

5. 去圖書館看一下午尼采和康德的書。

6. 飆車去淡水看海，看海時可以流三行眼淚。右眼一行，左眼兩行。

7. 以上皆是（全部都做）。

8. 以上皆不是（全部都不要做）。

公主的抉擇

當童話進行到
快樂的尾聲
公主親吻王子後
王子
卻變成了一隻青蛙……
這時，公主應該：

1. 再親一次，看看會不會變回來。
2. 點一根菸，一邊憂愁地抽菸一邊考慮，該不該負責任。
3. 先不要想太多，糾集其他童話裡的角色，睡美人、小矮人、小紅帽、大野狼等一起開個派對。
4. 恪守婦道，秀外慧中三從四德，此後專心扮演青蛙太太。
5. 不演了！公主的衣服還給服裝組，公主的皇冠還給梳化組，走出攝影棚，大吃大喝一頓。

交換

和甲做愛
覺得快樂
和乙做愛
覺得悲傷

生命中所有
所有重要的，慎重的，交換靈魂的時刻
甲總是選擇
把他的快樂給我

乙總是選擇
把他的悲傷給我

早晚

早上
非常認真挑選著
今天的耳環：珍珠的、純銀的、鑽石的……
鏡子裡發現
左耳耳垂
有你留下的咬痕
暗紅瘀青，一道不規則、斷續的斜線
決定了
這就是今天的耳環

晚上
把自己摔到床榻
結束疲憊一日
頭枕在你肩上
吸吮你嘴唇像吸吮糖果
趁你不注意，在肩膀狠咬一口
留下咬痕
向全世界標誌
這是我的男人

早晨

夢中被什麼重擊了一下，就醒來了
朦朧中刷牙洗臉
換上乾淨有香味的衣服
步伐謹慎地出門

一開始遇到樹
門口那棵樹，今天仍扮演樹的角色
演出樹的搖曳、樹的翠綠、樹和風的遊戲
轉彎後，遇到巷口那隻流浪狗

今天牠仍然過著雙重的生活
擁有流浪的疲憊，和流浪的自由
直走，遇到一排紅色火鶴
火鶴花張開絳紅手掌，似乎等待接下什麼
它完全沒有，要變成多肉植物的意思
十字路口指揮交通的警察，今天仍
扮演警察
並沒有要變成歹徒的意思
走進小學校園看到
許多學童
今天他們仍然像個孩子
演出追逐、嬉鬧、遊戲、打架、被罰站等等
完全沒有
要變成大人的意思

迎面而來的老師，非常稱職
當孩子鞠躬說：「老師好。」
以得體的微笑作為答覆
並沒有，要變成饒舌歌手的意思

坐在司令臺上
抬頭看今天的天空
天空正在扮演晴天
（昨日它以颱風的角色出場）
白雲此刻還是白雲
暫時沒有
要變成烏雲的意思
今天的我
仍然扮演自己

——樸素，熱情，想好好擁抱世界的正派角色
暫時沒有
要變成反派的意思

萬聖節派對

內心醜陋的人，裝扮成惡魔
惡魔的裝扮
使他看起來
比平常善良

甜美的孩子，扮成草莓
他其實
比草莓更甜

大概是不需要顏料的
惡人
假扮成正直的人
大概是不需要道具的
施暴者
假扮成受害者
大概是分不出來的
一些手裡藏著武器的人
跟所有人混在一起

鴿子扮成
魔術師
把很多魔術師，從帽子裡變出來
氣球假裝自己，是夢想

電線桿假扮成樹
山，假扮成薄薄的
山的倒影
一支箭
扮成靶心
倒映了一小塊世界的鏡子
假扮成全部的世界
鞋子
螢火，假裝是流星
假扮為路途

他的流浪漢裝扮非常成功
派對結束時
他想卸下裝扮

回復成自己
才想起來
他本來就是這條大街上
一個真正的流浪漢

許多時間正經過

這樣的時間這樣的下午
我知道你會在哪　正忙著怎樣的事情
但不用去找你
永遠都不用
就像知道某不知名的山坡有野百合正安靜地開
不用去摘它
某條清澈河裡有小魚正游著自由式
不用攔截牠

我可以選擇自己的命運
選擇不去找你

我們會永遠這樣繼續下去
百合有百合的優雅
魚有魚的遊戲
他們不必在一起
我們
也不必

儘管我們曾站在原地
看著彼此的美好

靜靜地看
專注地……
看呆了
忘了許多的時間
正經過我們

捨不得

一

仰望天空
發現有幾朵雲
被綁在樹枝的末梢
我鬆開繩子
雲朵
就四散飄流而去

二

為什麼
明明拿著相機對準了
有時，卻無法拍下彩虹
因為在這世界上
彩虹其實
並不真的存在

當你心裡出現
一種帶著盼望的快樂
抬看天空
那快樂就會
被解析成
七種顏色

三

拍拍自己的肩膀
對你示意
你可以躺在這裡

我有
一些愛可以給你
只是尋常時刻
生活太粗礪
大多數時候我必須假裝
自己沒有

以閃躲那些貪婪的
隨意索愛的人

四

拿著掃把沙沙沙的
掃著地上
生命所散落的渣滓
畚箕裡
有些是灰塵，有些是碎金，有些是眼淚

我是一個
長久沉默修練的詩人
對坐空無

用一輩子的時間
試圖分開
灰塵、碎金和眼淚

只是因為很多的
很多的
捨不得

先做再睡

漫長的睡眠
好無聊
除了偶爾有破碎雜亂的夢來點綴
其他就是無盡無盡的黑暗
所以我建議我們
先做再睡
先做一些愛情再睡
先變成野獸再睡
先收穫一些體溫和形狀再睡

先把你要命的自尊和我固執的驕傲打碎混在一起再睡
先把對方徹徹底底納入懷中據為己有永不退還
再抱緊對方
一起墜入
睡眠
睡眠無盡的深淵

留給你

你總是嫌棄
下午的雲形狀不對 盛開的花香氣不對
街道不乾淨 路人不友善 流浪狗不體面
微風是瑕疵品 日光有待改進 表演不到位 音樂不熱烈
啤酒不夠冰涼 日子缺乏快樂 我不夠完美

這一天
我想留給你——
破爛的雲 缺陷的雨滴

骯髒水窪 汙濁倒影
太輕的鐵 太重的棉絮
苦澀果實 蜷曲花葉
火車的速度 火車背影
超速罰單 逾期通知 銘謝惠顧
沒有人物的空景 燒灼閃電 連續不斷悶雷
詩裡的刪節號和空白 劇本裡的沉默和長沉默……
都留給你
我只帶走不甚完美的 我自己

剪刀石頭布

那不然就這樣吧
剪刀石頭布
贏的人
可以先說分手可以先走

輸的人
可以保留
這些年來我們寫的交換日記
當作補償

如果剛剛好平手
我們就都留下來
再試試看
看可不可以
再愛對方

下一位

分手了
都說是個性不合
有時也是
身體不合吧

仔細收拾自己的衣物
和心情
投入了
下一位的懷抱

銷毀

我銷毀了一些詩
那些詩不是很好
無法通過我的要求
所以我拆開那些手牽手的字
讓它們自由

我銷毀了一些愛情
那些愛情不是很好
無法通過我的要求

可惜的是
壓得扁扁的廢五金還可以資源回收
非常環保
壓得扁扁的愛情
要用來做什麼？

不壞

那時的事
幾乎都忘記了
只記得曾寫詩給你
那首詩我
沒留底稿
也　背不起來

後來
愛情壞掉了

那個愛我的你　壞掉了
一起共度的夏日時光　壞掉了
可是那樣的詩
可否再寄回
給我看看
因為那首詩好像
不壞

大風吹

川流不息的人生
無法再
坐在原地等你
後面的人都在催促
大風吹
吹，已經愛過的人
已經愛過的人必須離開座位
到未來去

所有人都在催促
要我起身
投入激烈奔跑的隊伍

嘿，我要走了
這個等待的位置
也許就空著了
對著虛空留下一個，告別的手勢
某天你無意間來到這裡
會感覺此地有什麼不同嗎？
會知道有人曾經畫了一個圈給自己
在圈圈裡獨自坐了那麼久
即使頭上飄來一朵暴雨雲也沒有離開？

大風吹
吹什麼
情緒緊張
腳步太凌亂
所有人站起來
跑進了時間的漩渦

颱風帶來的新生活

如果風再大一點的話
就會把日子吹亂
11月4號在11月27號後面
星期六的明天是星期二
也可能兩個日子中間擠進了
上帝未曾發明的，星期八和星期九
如果風再大一點的話
夢的配給
也會錯亂

本來分配給流浪貓的夢
變成室內那隻黃金鼠的夢
屬於我的在天空滑翔的美夢被吹走
吹來了一個屬於綁架犯的，大逃殺的夢

如果風再大一點的話
用紙鎮壓牢、每天複習、不肯放手的幾則重要回憶
就會和桌上的舊報紙一起飛走
不小心收到的話
幫我好好保管吧
如果風再大一點的話
第一隻小豬蓋的稻草屋，會立刻倒下
大野狼露出笑容儘管
牠的傘也開花了

如果風再大一點的話
整座城市的房屋、大廈
都會被挪移
屋子被吹到了
陌生的路口
次日早晨一開門
就是
新的風景
所有人因此展開了
全新的生活

相對與絕對

快樂的時候想對你說
很多很多話
例如
我愛你

疲憊時
緩緩閉上眼睛
只想說很少，很少的話

例如
我愛你

請求秋天

秋天來得又急又快
夏天是落入魔術師手中的鴿子，一下子就消失了
冬天來得又急又快
秋天是剛剛舉起白旗的戰敗方，非常慌張地撤退

我想請求秋天，以慢速度離開
讓葉子來得及
分批掉落

候鳥來得及
慢慢搬走
讓我有時間
一天
說一句告別的話
說完了
秋天才可以走
雪才可以降下來

春天來得又急又快
冬天一下子就消失了
書櫃最裡面
被書本仔細掩護著的，藏匿了許多彩色糖果的鐵盒
我會願意
在春天時打開

我們

大街上
看到親密依靠行走的兩個人
都還以為
是我們

可他們走進了太陽友善雲朵蓬鬆的晴天
你我撐傘走進
各自的大雨中
越走

越遠
一路上
看見親密依靠行走的兩個人
都還以為
是我們

可是此刻
你眼前的閃電
和 我頭頂的烏雲
它們並不屬於
同一場大雨

舊的你

我是一個念舊的人
所以把「從前的你」
裝在相框裡
你不知道
自己已經舊了
還對現在的我微笑
還想穿越　橫亙在我們中間的許多時間
到「現在」來找我

舊的你
總是談到未來
你不知道原來　我的未來
並沒有你
舊的我
也不知道

舊的我們
單純地相信
在相框中互相依靠
微笑看著
相框外面的時間

後記

比世界更層出不窮

林婉瑜

那是一個大風吹遊戲：「大風吹，吹喜歡電影的人。」很多人站起來了，空出了很多的位置。「大風吹，吹喜歡寫作的人。」少數人站起來了，空出少數的位置，「大風吹，吹詩人。」極少數的人站起來，我因為想著詩是什麼詩人是什麼而忘了座位的事。

「大風吹，吹世界上所有的詩。」詩句們紛紛離開紙上的舊位置，或走或跑找新的座位，這時狂風吹散了句子，天空下起一場，語字和標點符號的雨……。

詩是什麼，詩人是什麼。平時我寫詩多過於對詩的談論，但經常感受著這些問題。詩對我來說是一種純粹的藝術形式，有些期待是，希望做個好詩人，好和壞不

是和他人比較，而是因為尊重這種創作形式，所以希望處理每個字時都謹慎，都再三跟自己確認，還有，找到詩和我和世界三者之間的關係，我的詩用什麼方式面對世界？詩不用來取悅、討好，也不是被操縱的工具或交換的籌碼，要接受詩人這個稱謂，應該是要更警醒的，這是我所謂好詩人的意思。

二十歲左右，一個寫詩的我誕生，她說，要吃要喝要長大，所以我經常感受著她的餓，用閱讀餵養她、用觀察餵養她、打開自己對世界的敏感收穫感知餵養她。寫詩可以帶來快樂嗎，對我來說那不像快樂，比較像是安定，安定神魂，也像是一種「使完整」的過程，讓破碎的潰不成軍的，在詩裡重新趨於完整。有時，自己的狀況並不好，沒辦法餵她使她瘦極了，她拉拉我的衣角、期待的眼神投向我，即使在身心疲憊、沒力氣生活的時候，我還是察覺她的存在、感受著她的餓。

因為經常以「我」作為詩裡的敘述主詞，有讀者以為我所有的詩都是真的都是寫實，其實大部分詩作的發想，情節和故事是假，是把意念和想像編織在一起。我的詩，大部分都有這種情節虛構的性質，對我來說，詩是作品不是日記，是思想的自敘情感的自敘，但不是真實生活的自敘。

我們可以看到演員在舞臺上說話，可以看到小說裡的角色在敘事，那麼一首詩裡是誰在說話、誰在敘述？就我而言，每首詩的敘述者不一定相同，有時是從自己出發，有時候不是自己，是為了主題去設想出一個角色、一種身分，以設想的角色去敘述，所以詩的語言也因敘述者不同而有變化，像我的另一部詩集《剛剛發生的事》中的〈說話術〉和〈尋找未完成的詩〉，這樣的詩語言，和〈夏天一直〉的童稚語氣或〈餵養母親〉的全知者聲腔，就不會一樣。

我經常感覺，語詞也有年紀，也有外在形象和人格，譬如二十多年前曾風靡一時貼在機車上的「追夢人」、印在杯子的「隨緣」，這樣的語詞已經很老了，住進養老院幾乎不出門走動；而「順頌時祺」、「心想事成」這種穩固膠著的用語萬年不變有木乃伊化的傾向；有些詞剛剛出生非常年輕，譬如「自自冉冉」、「寶可夢訓練師」；「英俊」這個詞好久沒聽到了，儘管還穿著亮片襯衫緊身褲，卻在時間裡淡出隱形；「我愛你」這句話感覺會長生不老，且看日後的發展；「我喜歡你」體態輕盈說出來沒有負擔，如果覺得「愛」這個字太肥滿的時候，會先叫「喜歡」出來走動暖場。

語詞會老，語詞也會誕生。

有些語句適合住在紙上，當它們從嘴巴吐出、成為話語，通常聞者驚呆，譬如在道別時說：「我們擇日再敘，約莫下週此時。」對方聽到這樣，也只能拱手作揖、以倒退嚕的方式拂袖告退；有些語句住在嘴裡：「真的很可愛說。」「啊不然是怎樣？」有些語詞有很多住處，在哪裡出現都不奇怪。

詩人面對自己，面對世界，同時也面對語詞。一個個的語字，原本是單純的種子，由寫作者取用和組合，在紙上在螢幕上種下那些字以後，澆下閱讀的眼光，它們於是長出了青翠的意義的芽。

偶爾，參與文學獎的評審，與其說評審，不如說是去看看那些正在發生的詩。詩是一個總合的表現，在修辭、意象、創意、敘述者、主題、情境、音樂性、哲學性、社會意義……等許多層面上，都可能可以找到討論的線索，讀詩時，我想理解詩人真實的思想，走進文字建築的空間四處敲擊，想聽見詩人的內心潛臺詞，因為，若讀不懂創意或心理面，就說這是散文化的詩、無技巧的詩，可能是忽略了詩意的核心。如何發明驚奇創意、寫出有重量的意識、探索形式……種種，對寫詩的人來

說也是獨特的能力；如何在語言的質和其他各種層面表現出精巧和創造，也是詩的技巧。可以做出兼具知性、感性的表述，也可以用收斂的姿態去演示技巧……，詩容納了很多很多的可能。

每個詩的創作者都有屬於自己的詩觀，正因為每個詩人詩觀不同，我們才能讀到這麼多風格迥異的作品。我感受著詩的複雜，收下許多不同的體會，這裡只是略述一些，是拼圖的一小片。

這本詩集裡，有幾首詩寫身體的自覺，或慾望，並非標榜或提倡什麼，主要想藉這樣的書寫，把加諸性別上的眼光拓寬一些、放鬆一點。

詩集中所有的詩，包括形式實驗的詩如〈心理測驗〉、〈期末試題〉、〈連連看2〉……等，詩中的每個字都來自我的創作，不是援引他人詩句。有一部分的詩無關愛情，因此它不是一本情詩集。〈連連看2〉標題有2，是因之前詩集《可能的花蜜》中已有一首〈連連看〉，因此這裡標記為第二首。我總是尋找一種精神上最好的時刻，在那樣的時刻，靈魂擁有絕對的自由，可以非常自在的去感覺去回應，有關愛、有關世界、有關人、人性人心……。

如果可以寫一封信，郵寄到「過去」，我會去信提醒二十歲的自己：請重視那個剛剛誕生的、寫詩的林婉瑜，儘管你對她的存在感到疑惑，未來她會陪你很久很久；另外，收下生命給你的眼淚、懷疑、抑鬱、不安、憤怒吧，很久以後，你會發現它們有其他的意義……。二〇〇七年回到台中定居以後，生活逐漸有了一種規律，我想像詩在散步的途中、在開車途中、在經常性的暈眩之時。除了不希望我因為寫作熬夜外，這些年，江一直給我安靜的支持和陪伴，他是我的先生，也是我的戀人，我會告訴他最擔心的事最快樂的事，讓他一起保管這些祕密。他不寫作，卻是很好的聆聽者。

我曾提到「詩是本來就存在的」，更精確的意思是，詩的可能性是本來就存在的，當一首詩被寫出來，閱讀者可以感受、可以跟隨，它並不是不合理、無來由、無法觸及的事物，詩人是走上踏查路途的第一人，發現這樣的意識、發明這樣的圖騰；而那些還不存在的詩，也正等待著，等待著被發現、被創造。詩是迷人的，它容許很多的變化和試驗，每個時代的環境，都為文學創作加入一些新的體質，世界太大了，可是誕生於這世界的詩，比世界本身還要更層出不窮，在我二十歲時誕生

的、那個寫詩的我，好奇的漫步探勘著，在路上、在途中，可能的前面還有更多可能，發現的背後，還有更多發現。

靈魂不被綑綁的絕對自由

清華大學台文所教授兼所長　李癸雲

對我而言，這本詩集絕對是關於自由的。儘管書名有「愛」，儘管婉瑜一直以來都是抒情高手，讀《愛的24則運算》，俯拾皆是她古靈精怪的顛覆，以及重組事物的可能性。

詩集共收錄六十八首詩，自自由由，不分輯。她自言：「畢竟漫長的時間也是流動的，沒有分輯，大塊的世界也是連續不斷，沒有切割區分。」（《幼獅文藝》訪談）一本詩集形式的自由，意圖撐構出對等時空的自由，然後詩人在其中釋放思想慣習，釋放語詞邏輯，釋放自己，釋放靈魂。

第一首組詩〈童話故事〉，她便反詰童話規則，詩句短而精煉，戳到笑（痛）點，散發無奈的莞爾。例如她為永遠被定型的角色與情節補述心情：「睡美人蠻累的／只想繼續睡／偏偏就有人一定要來吻她」；「青蛙王子不太適應　和公主的婚姻生活／他想變回從前那隻青蛙／那隻單身的青蛙」。婉瑜不同意童話的框限，更不同意日常語言的固定意義鍊結，她要再探重新配對的可能性。〈14種告白的結果〉以「我愛你」作起句，以十四種敘述作回應，或否定或閃躲或離題或反諷或暗喻或正面接受，種種都在嘗試情感對應的差異可能；〈好久不見〉寫出習見的「好久不見」情境對話，除了外型（胖了瘦了老了）評論之語，更可有各式印象評價，如「你深刻了」、「你呈現斑點狀」，突兀冒出的詩句更能指陳實況；〈道別〉亦然，在道別的人生情境裡，人們能使用的話語極其有限，婉瑜示範了多種說法，其中趣味盎然，如「我會幫日子打磨上蠟確保你經過的時候它非常光彩。」、「打電話給我當世界運轉得不太順暢的時候。」……，〈後來〉是一首補充（擴充）現有對話可能性的精彩之作，關於想念，陳詞套語不少，但婉瑜追索至情感與語言的邊界，帶

回更深更真更新的表達：「後來為了和回憶的大象達成平衡，我持續幫另一端添加砝碼。／為了幫夢中的麒麟想個名字，我查了六本字典。」思念不必在言表，更純粹的情感已從語言新礦區被掘出……。

她重組定型的相應對話，她重新注釋語詞（如〈小事〉、〈對與錯〉……），她重出考題，將語言美感從升學主義框限裡奪回答覆權。〈期末試題〉、〈公主的抉擇〉、〈選擇題〉等詩開展出教科書之外的「考試內容」，關於詩，關於表達，關於人生選擇。種種實驗（測驗），達致她在後記裡提到的詩句大風吹遊戲效果，語言終能離席轉換，製造自由遊走的充裕空間。在語言層次之內，這絕對是一本極富突破與創造性意義的詩集，然而，我更確實感受到語言之外的書寫意涵。那即是，婉瑜釋放語言的潛在意義是精神的安頓與統整。當我在詩集後記讀到這段話時，剎時明白語言內外交雜的召喚能量如此強大：「寫詩可以帶來快樂嗎？對我來說那不像快樂，比較像是安定，安定神魂，也像是一種『使完整』的過程，讓破碎的潰不成軍的，在詩裡重新趨於完整。」因為我們被各式堅固的觀念界線切割，被世界種

種規則束縛，如榮格所言，人的內在被「異化」成如一格格彼此不熟識不溝通的抽屜，精神要自由、靈魂要完整，必須進行「個體化」工程。唯有重新言說，方能抵抗語言背後的思想宰制，挑戰系統性意義，在協商與突圍之間，找回並拼湊破碎四散的主體內容。寫作時，就是詩人進行個體化的時刻，如同她接受《聯合文學》雜誌訪談時說：「創作的時候，就是可以任性的時候，可以冒險的時候。」任性與冒險的時候，正是自我真實浮現的時刻。

婉瑜曾說這不是一本情詩集，雖然愛情在其中，愛情卻非唯一存在。我完全同意，但我認為與詩集同題的〈愛的24則運算〉仍是一首不容忽視的關鍵之作。數學術語竟也可以是真切的詩語，數學概念竟能如此生動的比擬愛情雙方的相互演算。我最喜歡第十五則：「並不十分愛我／卻把我當作／你的女人／所謂概數／就是四捨五入／放棄了追究細節的權力」。不僅女人接受四捨五入的情感妥協，男人也在關係連結上含糊的四捨五入了，一個習見的數學概念寫實了愛情雙方的心理斟酌。當無物無事不可入詩時，詩歌自由之流已漫泛至其他表意符號系統的國境。

這本詩集才上市兩周，便快速賣完首刷的三千本，出版社立即再刷。如此沛然的共鳴，是否因為婉瑜的詩召喚的，不只是愛，更是自由，是完整的靈魂？

原刊載於《文訊》雜誌二〇一七年五月號

年代序

二〇〇一年

影子留言

無法抵達

二〇〇八年

這個下午和你一起

二〇一二年

胖子

二〇一四年

許多時間正經過

紅色

二〇一五年

交換
早晚
下一位
銷毀
大風吹
原狀
十年
愛的24則運算
寂寞是真的
苦痛
想好了

友情
開始
願望

二〇一六年

一些精密的測量
評分表
經常練習
速度
去走走
艱難
郊遊

體溫
聖誕老人的禮物
沒關係之歌
你是我最斑斕的幻覺
已讀不回
好久不見
道別
後來怎麼了
更新
靠近
小事
期末試題
對與錯
半途而廢
童話故事
14種告白的結果
我們
舊的你
請求秋天
相對與絕對
颱風帶來的新生活
不壞
剪刀石頭布
留給你

先做再睡
捨不得
致那些無法言說卻永不痊癒的傷口
夜行性
落單的骰子
預感
社交
兩種消息
某詩人的英翻中試卷
顛倒世界1
顛倒世界2
選擇題
公主的抉擇
早晨
萬聖節派對
心理測驗

二〇一七年

連連看2

聯合文叢 613

愛的24則運算（二版）

作　　者／林婉瑜
發 行 人／張寶琴

總 編 輯／周昭翡
主　　編／蕭仁豪
編　　輯／林劭璜　王譽潤
封面設計／霧　室
資深美編／戴榮芝
業務部總經理／李文吉
發行助理／林昇儒
財 務 部／趙玉瑩　韋秀英
人事行政組／李懷瑩
版權管理／蕭仁豪

法律顧問／理律法律事務所
陳長文律師、蔣大中律師

出 版 者／聯合文學出版社股份有限公司
地　　址／(110)臺北市基隆路一段178號10樓
電　　話／(02)27666759 轉 5107
傳　　真／(02)27567914
郵撥帳號／17623526 聯合文學出版社股份有限公司
登 記 證／行政院新聞局局版臺業字第6109號
網　　址／http://unitas.udngroup.com.tw
E-mail:unitas@udngroup.com.tw

印 刷 廠／沐春行銷創意有限公司
總 經 銷／聯合發行股份有限公司
地　　址／(231)新北市新店區寶橋路235巷6弄6號2樓
電　　話／(02)29178022

出版日期／2017年3月　初版
2023年5月8日　二版二刷第二次
定　　價／350元

ISBN 978-986-323-206-3（平裝）

國家圖書館出版品預行編目資料

愛的24則運算／林婉瑜著
二版. -- 臺北市：聯合文學. 2018.1
224面；14.8×21公分. --（聯合文叢；613）

ISBN 978-986-323-206-3（平裝）

857.63　　105017308